Okul Öncesi İçin

YARATICI ETKİNLİKLER

Eğlenceli etkinliklerle yaratıcılığını geliştir

DOĞA

Rocio Bonilla

Çeviren:
Ayşe Nur Şahin

1001 Çiçek kitaplar

Merhaba!

Ben Leo, bu da arkadaşım Megi. Üzerimizde boyama önlüklerimiz var.

Biz resim yapmayı çok seviyoruz.

Hayvanların resimlerini yapıyoruz. Gökyüzünü , çiçekleri ve GÖRDÜĞÜMÜZ HER ŞEYİ RESİMLİYORUZ.

Bizimle resim yapmak ister misin?

Çok renk var!

Malzemelerimiz: Her tür kuru boya, pastel boya, suluboya, yapışkanlı boya ve keçeli kalem.

Makas, yapıştırıcı ve masayı kirletmemek için eski gazete.

Sen de boyama için uygun GİYSİLERİNİ GİYDİYSEN,

haydi başlayalım!

TEK RENK BOYA

Bir oyunla başlayacağız. Bir renk ile boya lekesi oluşturalım ve bu lekenin ne olabileceğini düşünerek resmimizi tamamlayalım.

Bu çok EĞLENCELİ!

Pembe suluboya

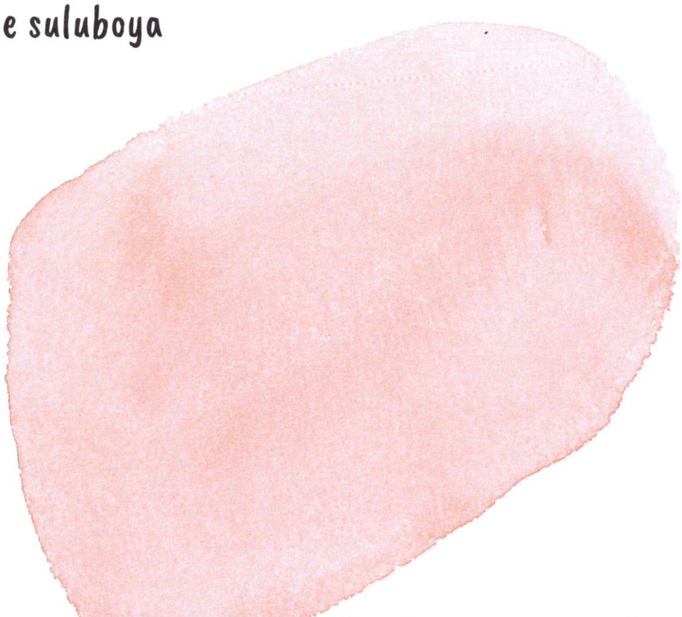

Pembe bir boya lekesi...

Bu çok kolay değil mi?

Kulak...
Dört bacak...
Bir kuyruk...
Ve bir gövde!

Pastel boya

Ta ta!

BOYA LEKESİNİN İÇİNE GİZLENMİŞ
BİR FİL!

Biliyorum fillerin pembe olmadığını söyleyeceksin. Ama yaratıcılığımızı kullanırken bunun önemi yok. Bu çok eğlenceli. Aynı bir sihir gibi. Hayal gücünü serbest bırak ve eğlen. Tekrar denemek ister misin?

PEK ÇOK HAYVAN RESMİ YAPACAĞIZ!

YEŞİL!

Ne olabilir?

Tek bir boya lekesi ile pek çok farklı şey yapabiliriz.

Bir fare?

Yeşil gagalı

bir kuş?

Bir roket?

Tamaaaaam!
BAKALIM SEN HANGİ HAYVANLARI BULDUN...

Daha fazla yeşil?
Armut gibi görünüyor.

SEKİZ BACAK...
Bir ahtapot...
Bir solucan!
HMM...
Düşünüyorum!

Muhteşem bir penguen!!!

Şimdi MAVİ renk ile...

Kedicikleri

Severim!

Bu benim KEDİM. →

ADI

KİVİ

Kiviiiii!

O ORTADA...

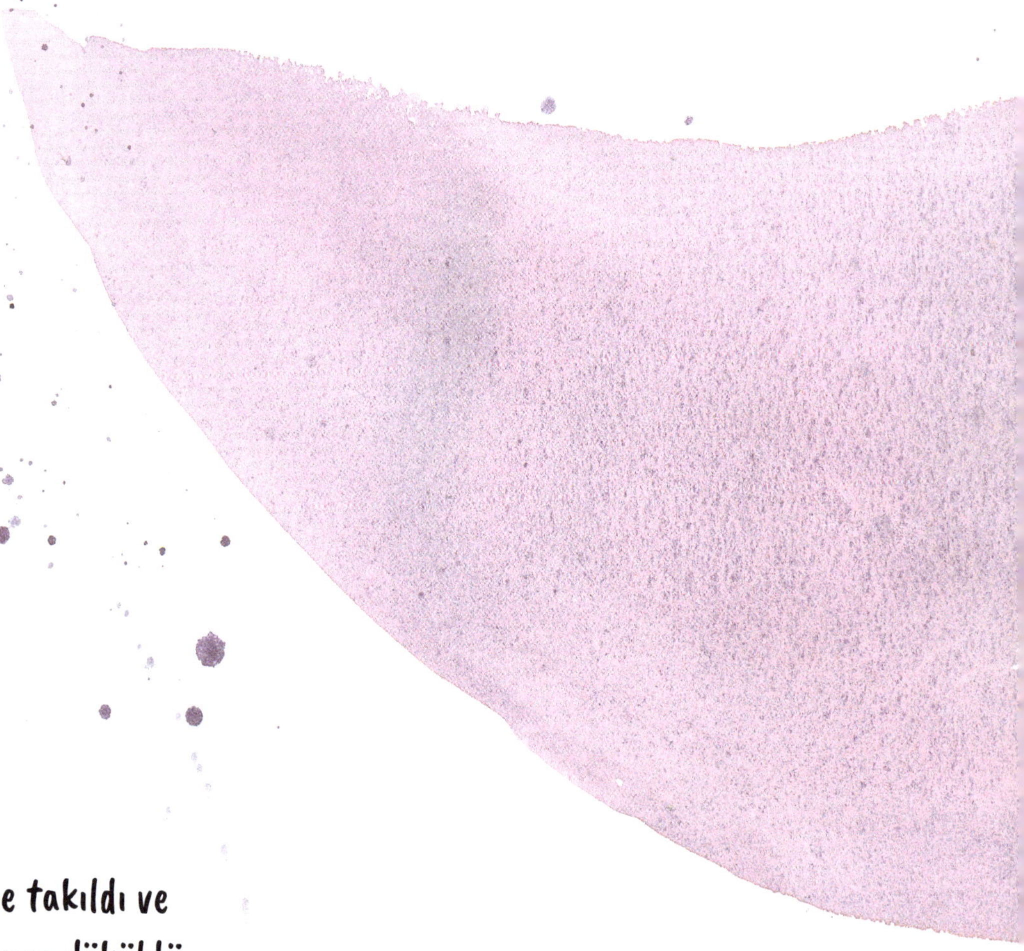

Oh!

Megi kediye takıldı ve
kutudaki boya döküldü.

Ne büyük bir boya lekesi...

Peki,

şimdi ne

yapacağız?

Kolay...

HARİKA HAREKET
EDEN BİR KUYRUK!

Ah, dikkat et Megi, boya çok sulu oldu...

HARİKA, O DAMLALARI KULLANABİLİRİZ...

Şimdi çok farklı bir

boya lekesi yapalım.

BİRKAÇ KÜÇÜK BOYA LEKESİ DAHA

Ah...

Giderek zorlaşıyor...

...Her zaman!

Bunlardan neler yapabilirsin?

Bir **ayı!**

AYILAR NEYİ ÇOK SEVER?

Arıların yaptığı balı !

Leo, haydi şimdi de

kocaman...

renkli

bir boya lekesi yapalım...

DETAYLARI unutma

Gergedanları
gerçekten
severim.

TURUNCU
İLE!

Ve şimdi

bu da sonuncu...

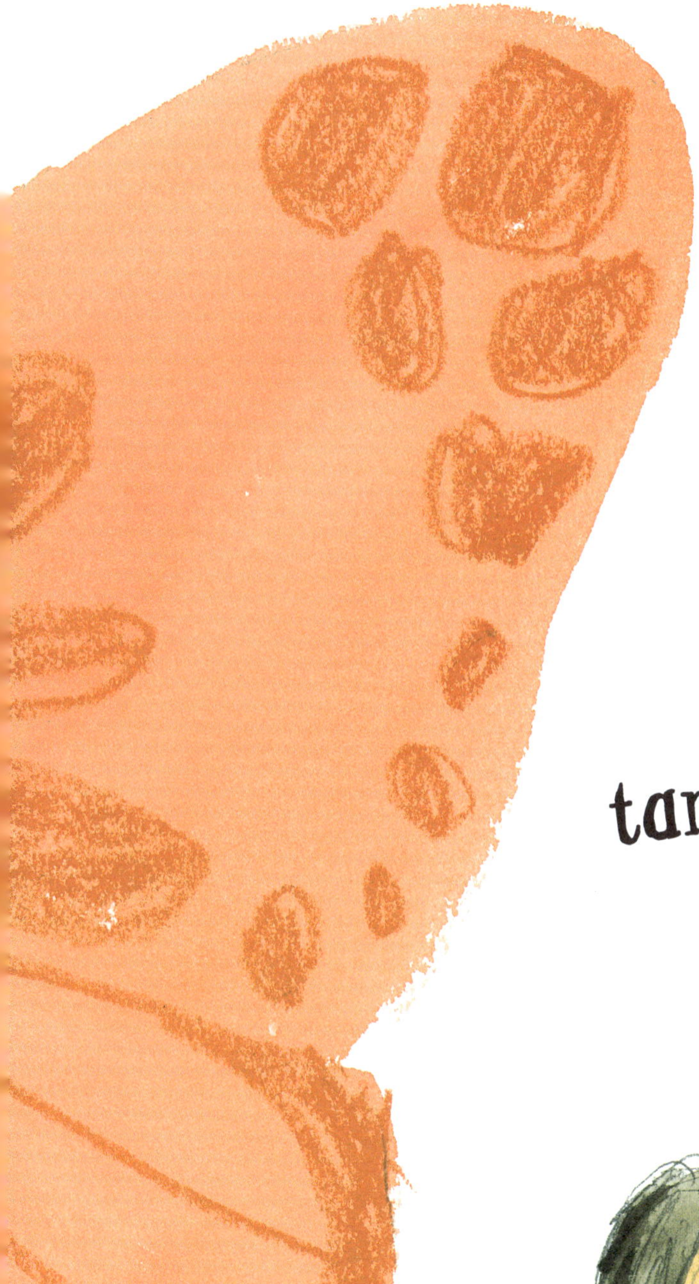

İki boya lekesini de

tamamladık!

Şimdi sıra sende!

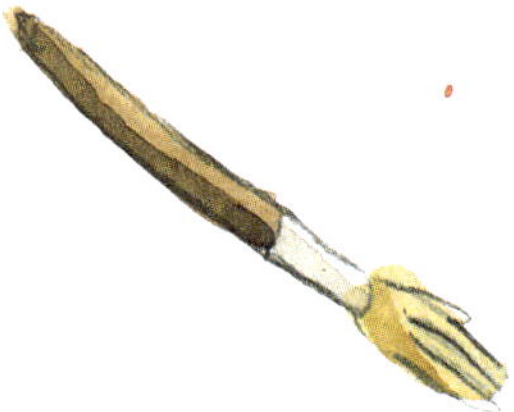

Burada hangi HAYVANLARIN saklı olduğunu düşünüyorsun?

HARİKA!

Boya lekelerinin içine saklanan hayvanları bulma konusunda MÜTHİŞ FİKİRLERİN VAR.

Devam edelim mi?

GÖZLEMLE

ve sonra

HAYAL ET

Resim yaparken hayal gücünü kullanmak

sence de eğlenceli değil mi?

Bununla birlikte yaratıcı olmak için en önemli şey,

YARATICILIĞIMIZI GELİŞTİRMEK.

Bir örnek verelim: Pille çalışan oyuncak bir köpek düşün.

Eğer piller biterse ya da pilleri değiştirmeyi unutursak köpek hareket etmeyecek ve havlamayacaktır değil mi?

Aynı şey bizim yaratıcılığımız için de geçerli.

YARATICILIĞIMIZIN GELİŞMESİ İÇİN

onu çalıştırmalıyız.

Yaratıcılık da aynı bizim gibi. Ne kadar çok yersen o kadar büyür ve güçlü olursun değil mi?

İşte yaratıcılığımızı da ne kadar çok beslersek

o kadar gelişir ve güçlü olur.

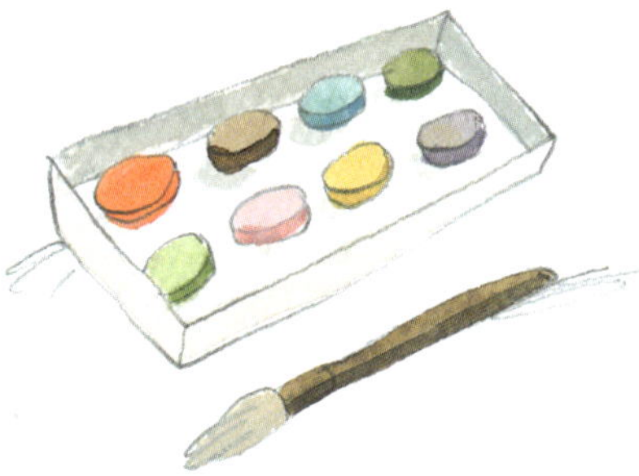

Peki yaratıcılığımızı nasıl geliştireceğiz?

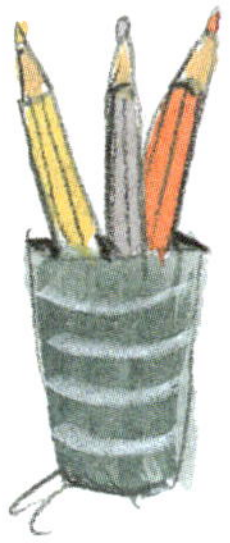

İLHAM ALMAK için kullanabileceğimiz şeyleri KEŞFETMEK amacıyla çevremizi GÖZLEMLEMEK en iyi yoldur.

HAYDİ DENEYELİM

Bir ağaç çizeceğiz!

NASIL YAPMAK İSTERSEN öyle yap, boyalar, keçeli kalemler, kuru boyalar veya fırçalarla.

Hepimizin genelde **AYNI ŞEKİLDE** ağaçlar çizdiğimizi fark ettin mi? Yeşil bir yuvarlak ve kahverengi bir gövde.

Oysa, bir PARKA gidersek ya da ORMANDA yürürsek veya DAĞA çıkarsak,

şunları görürüz...

Kırmızı...

Üçgen...

Salkım salkım...

Sarı...

Turuncu renkli...

Yapraksız...

Beyaz...

Hatta pembe renkli ağaçlar!

Çok farklı renk ve şekillerde

pek çok ağaç var.

ŞİMDİ BOYA LEKELERİ
İLE YENİ DENEMELER
YAPALIM MI?

Ve şimdi gelsin

eşsiz ağaçlar!

Bu bizim SİHİRLİ

Şimdi sen de kendi başına

ORMANIMIZ

denemeye hazır mısın?

Biraz bitki eklemeye

ne dersin!

Bekle Leo! Çizmeden önce yapmamız gereken bir şeyi unuttun, haydi önce

GÖZLEMLEYELİM.

Bak!

Bitkiler yalnızca yeşil renkte değildir...

Bunlar KIRMIZI yapraklar...

Ve hatta benekli olanlar da var...

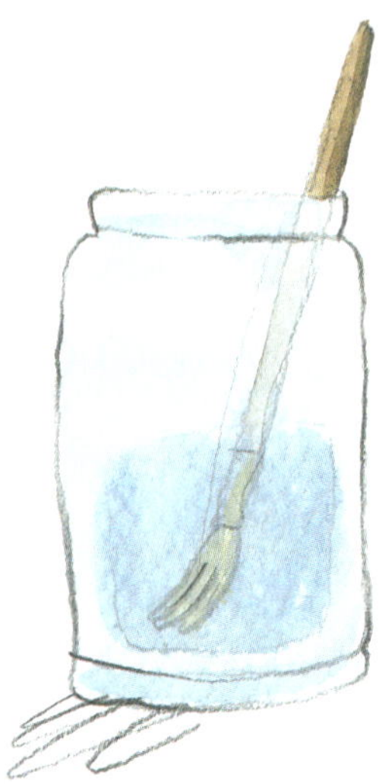

Hayal et

Birkaç tane boş saksımız olduğunu hayal et.
Onları boya lekelerimizle dolduralım mı?

BAK: BURADA AYRICA ÇİZGİLİ BİTKİLER VAR...

Ve hatta etobur bitkiler de!

Şekilleri hakkında ne söyleyebilirsin?

Uzun...

Sivri...

Dikkatli ol!
Bunlar dikenli.

BİR GEYİĞİN
BOYNUZLARI GİBİ!

SAKSILARI

boyayacak mıyız?

ZAVALLI BİTKİLER ÇOK AÇ GİBİ
GÖRÜNÜYORLAR...

Bahçemize biraz da

ÇİÇEK EKLEYELİM!

DONDURMA
TOPLARI GİBİ
YUVARLAK...

Bak!

Tüy gibi uzun...

Çan şeklinde...

Mavi bir çiçek mi?

BUNLAR RENKLİ ÇUBUK ŞEKERLERE BENZİYOR!

BUNLAR DA KAPKEK GİBİ GÖRÜNÜYOR!

kapkekler!

KIRMIZI kelebekler gibi...

MAVİ noktacıklar...

ya da PAMUK topları gibi yumuşak...

Kaç farklı çiçek gördün?
Bunlardan çok daha fazlası var.

Ne düşünüyorsun?

Boya lekelerimizle BÜYÜK BİR BAHÇE yapabilir miyiz?

Sanki kokularını duyuyorum!

Şimdi boyamaya başlayabilirsin
fakat ilk önce...

BAZI İPUÇLARI

1- Boyamaya başlarken SULUBOYA veya AKIŞKAN BİR BOYA ile pek çok boya lekesi yap.

2- Boyanın tamamen kurumasını bekle.

3- Artık renkli boya kalemlerini kullanarak ayrıntıları ekleyebilirsin. Ayrıca yeni boya lekeleri de yapabilirsin.

4- Bazı boya lekeleri üst üste gelebilir. Hiç önemli değil, bu çok eğlenceli ve sonuç harika görünüyor.

5- Açık renkli boya lekelerinde koyu, koyu renkli boya lekelerinde açık renkli boya kalemleri kullan. Yaptığın eklemeler daha çok dikkat çekecektir.

6- Beğendiğin renklerin hepsini kullanarak eğlenmeyi unutma!

Devam edelim mi?

Boya lekeleri

ve

ŞEKİLLER

ile

istediğin her şeyin

resmini yap,

TÜÜÜÜÜM RENKLERİ

kullan.

Bak:

Artık renkleri nasıl kullanacağımızı biliyoruz ve yaratıcılığımızı beslememiz gerektiğini öğrendik.

HAYVANLAR
AĞAÇLAR
BİTKİLER
ÇİÇEKLER
yaptık.

Başka neler

ÇİZEBİLİRİZ?

Sevdiğimiz şeyleri düşünerek işe başlamak
iyi bir yoldur.

KEKLER!

ONLARI HAYAL ETTİĞİMİZ

her renkte çizebiliriz.

Boyaların hazırsa başka şeye gerek yok, BAŞLAYABİLİRİZ!

Suluboya ile BOYA LEKELERİ YAPARAK BAŞLAYALIM.

Unutma!

Kurumasını beklemeliyiz.

SONRA BOYA KALEMİ VEYA PASTEL BOYA İLE istediğin şekilleri çiz, hatta başka boya lekeleri ekle.

TABAĞI çizmeyi unutma!

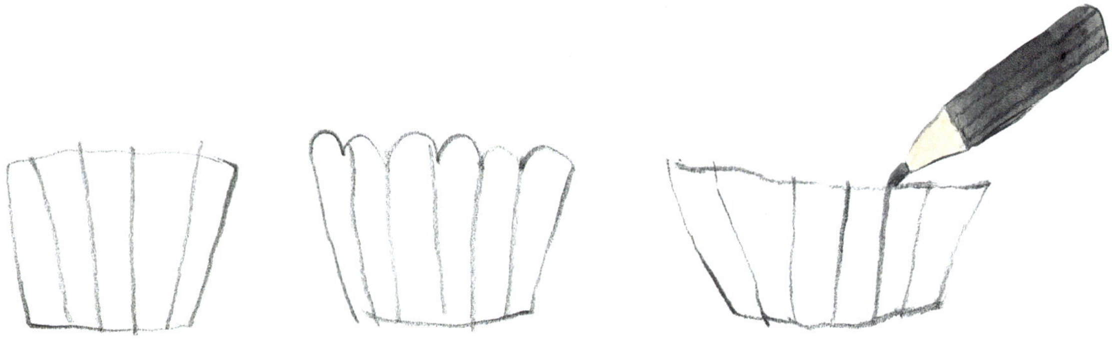

Saksılar ve bitkilerde yaptığımız gibi keklerimize **KÂĞIT TABANLIKLAR ÇİZEBİLİRİZ,**

sonra süslemelerini ekleyebiliriz.

Farklı olabilirler.

Şimdi sıra süslemede!

Mmmm...

Hepsini yiyebilirim.

Sevdiğimiz diğer bir şey GÖKYÜZÜ.

Bazı geceler penceremizden dışarı bakarız.

FARKLI GEZEGENLERİ VE ORALARDA
YAŞAYAN CANLILARI HAYAL EDERİZ.

Süper fikir!

Yaratıcılığımızı çok iyi geliştirdiğimiz için görmesek bile hayal ettiğimiz şeyleri çizebiliriz artık.

Bunlar **hayal ettiğimiz**

GEZEGENLERİMİZ.

Bu SUÇİÇEĞİ gezegeni
Bu da ORMAN GEZEGENİ
Kare şeklinde bir gezegen.

Tüm Marslılar yeşil değil.

Bizimkiler RENGÂRENK!
Suçiçeği gezegeninde yaşayanların fil gibi hortumları ve gezegenlerindeki gibi benekleri var.

ONLAR MEGİ GİBİ GÖZLÜKLÜ

Orman gezegeninde yaşayanların **UZUN BOYUNLARI** var, böylece ağaçların üstünden etrafı görebiliyorlar.

Bu da lolipop gezegeni. Orada yaşayan canlılar her zaman mutlular.

Çünkü her yer şekerlemelerle dolu.

Onların tek bir gözü, köpeklerinki gibi kulakları, ahtapotlarınkine benzer bacakları ve çok şeker yedikleri için kırmızı dilleri var.

Bunlar bizim hayal ettiğimiz gezegenler
ve oralarda yaşayan canlılar.
Şimdi sıra sen de!

ŞİMDİ BOYALARINI AL, HAYALİNDEKİ
GEZEGENİ VE ORADA YAŞAYAN
CANLILARI DÜŞÜNMEYE BAŞLA!

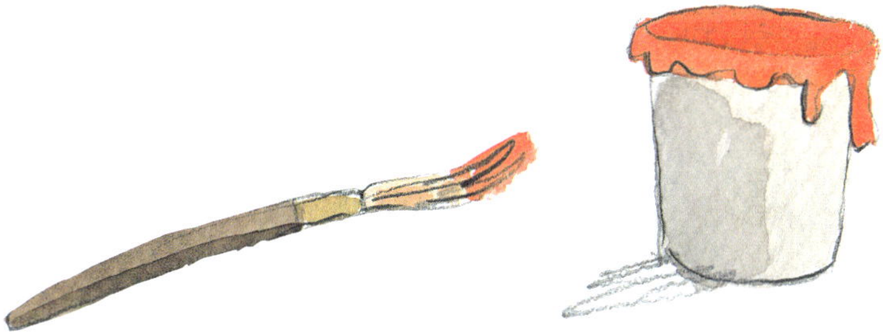

Gökyüzü her zaman mavi ve sıkıcı değildir. Gökyüzünde pek çok farklı renk var ve tabii bir de bulutlar. Günün farklı zamanlarında ya da farklı mevsimlerde bulutları ve renkleri gözlemlemelisin...

Göreceksin!

ÖRNEĞİN; GÜNEŞ BATARKEN GÖKYÜZÜ PEMBE OLUR.

Evet, gerçekten!

Sıcak
havalarda
gökyüzünü
çok severim...

Yağmur yağdığı zaman da gökyüzü güzel!

Ayrıca su birikintilerinde zıplayabiliyorum.

Tabii ki mavi bir gökyüzü de güzel!

Boya lekelerimizle ve çizgilerimizle çizebileceğimiz
pek çok şey var.

Uçaklar...

Helikopterler...

BAŞKA ŞEYLER DE
DÜŞÜNEBİLİRİM...

Biraz daha bulut mu?

Biraz daha balon mu?

BAŞKA NELER YAPABİLİRİZ?

Kuşlar!

Büyük

Orta
Küçük

Sence
bahçemize
kuşları da
ekleyelim mi?

TAMAM AMA BAHÇEDE BÖCEKLER DE OLUR.

ONLARI DA ÇİZELİM Mİ?

Böcek çizebilmen için sana birkaç

İPUCU VERECEĞİM.

1- İstediğin bir ya da daha çok renk boya ile bir kâğıdın tamamını boya.

2- Şimdi kalem ya da pastel boyalarla kâğıdın üzerine ÇİZGİLER, NOKTALAR, KARALAMALAR ya da istediğin başka şeyleri çizebilirsin.

Bu şekilde kâğıtlar, bir elbise ya da tişört **baskısı** gibi görünecek.

3- Şimdi kâğıdın arka yüzünü çevir (çizim yapmadığın taraf). Dikkatlice birkaç parça KES. Aşağıdaki gibi parçalar kesebilirsin.

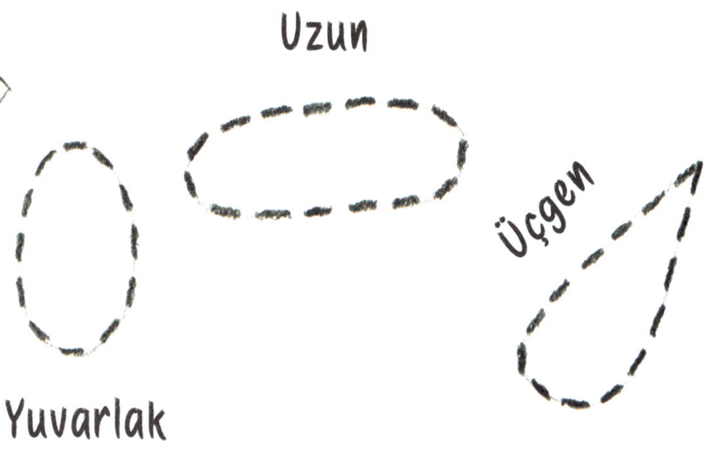

4. Kestiğin parçaları boyadığın yüzü dışarıda kalacak şekilde, beyaz bir kâğıda yapıştır. Aralarına boşluk bırak...

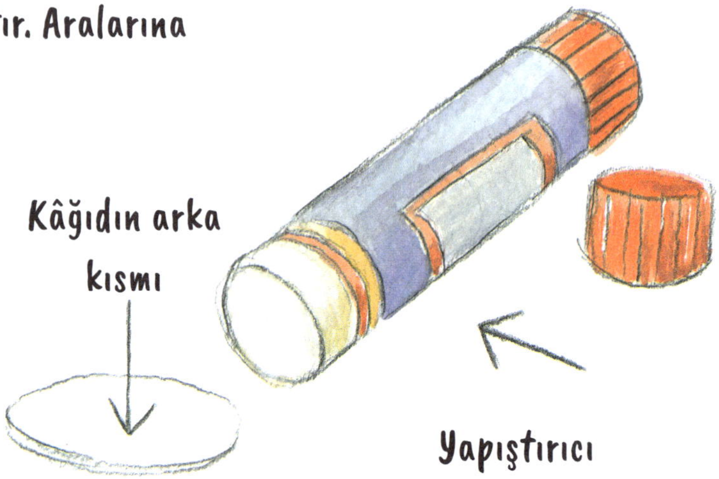

Bak, nasıl güzel görünüyorlar.

5. Şimdi sadece böceklerin GÖZLERİNİ, ANTENLERİNİ, KANATLARINI VE AYAKLARINI ÇİZMEMİZ GEREKİYOR.

BEĞENDİN Mİ?

Bu kitap sayesinde bir sürü yeni şey çizmeyi öğrendik. Ayrıca boya lekeleri, şekil ve desenler ve birkaç ipucuyla hayal gücümüzü geliştirdik.

YARATICI OLMAK İÇİN ÇALIŞMAYA DEVAM ETMEN ÇOK ÖNEMLİ...

Sonsuza kadar!

Yaratıcılığını geliştirmek için çevreni gözlemlemeye devam et, asla resim yapmaktan ve boyamaktan vazgeçme!

Görüşmek üzere!

BİNBİR ÇİÇEK KİTAPLAR
Yuva Mahallesi 3702. Sokak No: 4 Yenimahalle / Ankara
Tel:+90-312 396 01 11 (pbx) Faks: +90-312 396 01 41
www.binbircicekkitaplar.com
Yayıncı Sertifika No: 12382
Matbaa Sertifika No: 28367

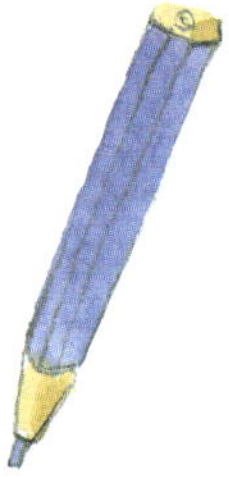

Kitabın özgün adı: Presschool Creativity
Yazan ve resimleyen: Rocio Bonilla

ISBN: 978-605-341-564-0
Ankara, 2019

Çeviri : Ayşe Nur Şahin
Yayına Hazırlık : Zeynep Kopuzlu Taşdemir
Sayfa Düzeni : Özlem Çiçek Öksüz
Kapak Uyarlama : Lodos Grup
Baskı : Ofset Fotomat
24. Cadde, 729. Sokak, No. 17,
06370, İvedik, Ankara